春
Chun

U0898415

山园小梅·其一

（北宋）林逋

众芳摇落独暄妍，
占尽风情向小园。
疏影横斜水清浅，
暗香浮动月黄昏。

文化常识

词以境界为最上。有境界则自成高格，自有名句。五代、北宋之词所以独绝者在此。——《人间词话》

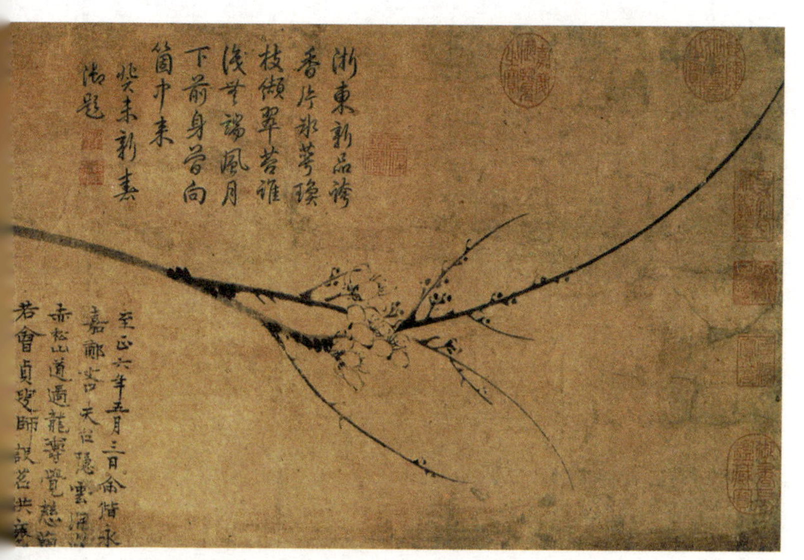

和孔中丞雪里梅花（节选）

（南朝·梁）王筠

水泉犹未动，
庭树已先知。
翻光同雪舞，
落素混冰池。

鸟鸣涧

（唐）王维

人闲桂花落，
夜静春山空。
月出惊山鸟，
时鸣春涧中。

文化常识

太白纯以气象胜。“西风残照，汉家陵阙”，寥寥八字，遂关千古登临之口。——《人间词话》

游春词

（唐）令狐楚

高楼晓见一花开，
便觉春光四面来。
暖日晴云知次第，
东风不用更相催。

白雪高風
崇禎己丣夏日寫
江必名

雪后晚晴，四山皆青，惟东山全白

（南宋）杨万里

只知逐胜忽忘寒，小立春风夕照间。
最爱东山晴后雪，软红光里涌银山。

文化常识

有有我之境，有无我之境。“泪眼问花花不语，乱红飞过秋千去。”“可堪孤馆闭春寒，杜鹃声里斜阳暮。”有我之境也。“采菊东篱下，悠然见南山。”“寒波澹澹起，白鸟悠悠下。”无我之境也。有我之境，以我观物，故物皆著我之色彩。无我之境，以物观物，故不知何者为我，何者为物。——《人间词话》

拟古（节选）

（东晋）陶渊明

翩翩新来燕，双双入我庐。
先巢故尚在，相将还旧居。

南园·其一

（唐）李贺

花枝草蔓眼中开，
小白长红越女腮。
可怜日暮嫣香落，
嫁与春风不用媒。

文化常识

“红杏枝头春意闹”，著一“闹”字，而境界全出。“云破月来花弄影”，著一“弄”字，而境界全出矣。

——《人间词话》

南园·其八

（唐）李贺

春水初生乳燕飞，
黄蜂小尾扑花归。
窗含远色通书幌，
鱼拥香钩近石矶。

阮郎归·南园春半踏青时

（北宋）欧阳修

南园春半踏青时，风和闻马嘶。
青梅如豆柳如眉，日长蝴蝶飞。
花露重，草烟低，人家帘幕垂。
秋千慵困解罗衣，画堂双燕归。

文化常识

温飞卿（温庭筠）之词，句秀也；韦端己（韦庄）之词，骨秀也；李重光（李煜）之词，神秀也。——《人间词话》

横塘

（南宋）范成大

南浦春来绿一川，
石桥朱塔两依然。
年年送客横塘路，
细雨垂杨系画船。

淮中晚泊犊头

（北宋）苏舜钦

春阴垂野草青青，
时有幽花一树明。
晚泊孤舟古祠下，
满川风雨看潮生。

文化常识

词人者，不失其赤子之心者也。故生于深宫之中，长于妇人之手，是后主为人君所短处，亦即为词人所长处。

——《人间词话》

夜月

（唐）刘方平

更深月色半人家，
北斗阑干南斗斜。
今夜偏知春气暖，
虫声新透绿窗纱。

早归

（唐）元稹

春静晓风微，凌晨带酒归。
远山笼宿雾，高树影朝晖。
饮马鱼惊水，穿花露滴衣。
娇莺似相恼，含啭傍人飞。

文化常识

客观之诗人，不可不多阅世，阅世愈深，则材料愈丰富、愈变化，《水浒传》《红楼梦》之作者是也。主观之诗人，不必多阅世，阅世愈浅，则性情愈真，李后主是也。

——《人间词话》

春日

（北宋）秦观

一夕轻雷落万丝，
霁光浮瓦碧参差。
有情芍药含春泪，
无力蔷薇卧晓枝。

山中留客

（唐）张旭

山光物态弄春晖，
莫为轻阴便拟归。
纵使晴明无雨色，
入云深处亦沾衣。

文化常识

古今之成大事业、大学问者，必经过三种之境界：“昨夜西风凋碧树。独上高楼，望尽天涯路”，此第一境也。“衣带渐宽终不悔，为伊消得人憔悴”，此第二境也。“众里寻他千百度，蓦然回首，那人却在，灯火阑珊处”，此第三境也。——《人间词话》

春山夜月

（唐）于良史

春山多胜事，赏玩夜忘归。
掬水月在手，弄花香满衣。
兴来无远近，欲去惜芳菲。
南望鸣钟处，楼台深翠微。

杏花诗

（南北朝）庾信

春色方盈野，枝枝绽翠英。
依稀暎村坞，烂漫开山城。
好折待宾客，金盘衬红琼。

文化常识

诗人对宇宙人生，须入乎其内，又须出乎其外。入乎其内，故能写之；出乎其外，故能观之。入乎其内，故有生气；出乎其外，故有高致。——《人间词话》

游春曲二首

（唐）王涯

万树江边杏，新开一夜风。
满园深浅色，照在绿波中。

上苑何穷树，花开次第新。
香车与丝骑，风静亦生尘。

田家

（北宋）欧阳修

绿桑高下映平川，
赛罢田神笑语喧。
林外鸣鸠春雨歇，
屋头初日杏花繁。

文化常识

境非独谓景物也。喜怒哀乐亦人心中之一境界。故能写真景物真感情者，谓之有境界。否则谓之无境界。

——《人间词话》

临安春雨初霁

（南宋）陆游

世味年来薄似纱，谁令骑马客京华。
小楼一夜听春雨，深巷明朝卖杏花。
矮纸斜行闲作草，晴窗细乳戏分茶。
素衣莫起风尘叹，犹及清明可到家。

兰溪棹歌

（唐）戴叔伦

凉月如眉挂柳湾，
越中山色镜中看。
兰溪三日桃花雨，
半夜鲤鱼来上滩。

文化常识

比喻——用与甲事物相似的乙事物来描述甲事物，是一种常见的修辞手法。依据方式不同能细化为“明喻”“暗喻”“借喻”等。

游春词（节选）

（唐）王涯

经过柳陌与桃蹊，
寻逐春光著处迷。
鸟度时时冲絮起，
花繁衮衮压枝低。

海棠

（北宋）苏轼

东风袅袅泛崇光，
香雾空蒙月转廊。
只恐夜深花睡去，
故烧高烛照红妆。

文化常识

排比——在创作中，利用意义相近或相关、文字结构相同或相似、语气相同或递增的，三个或三个以上的词组或者句子并排罗列，达到增强文章观点态度的效果。

春游湖

（宋）徐俯

双飞燕子几时回？
夹岸桃花蘸水开。
春雨断桥人不渡，
小舟撑出柳阴来。

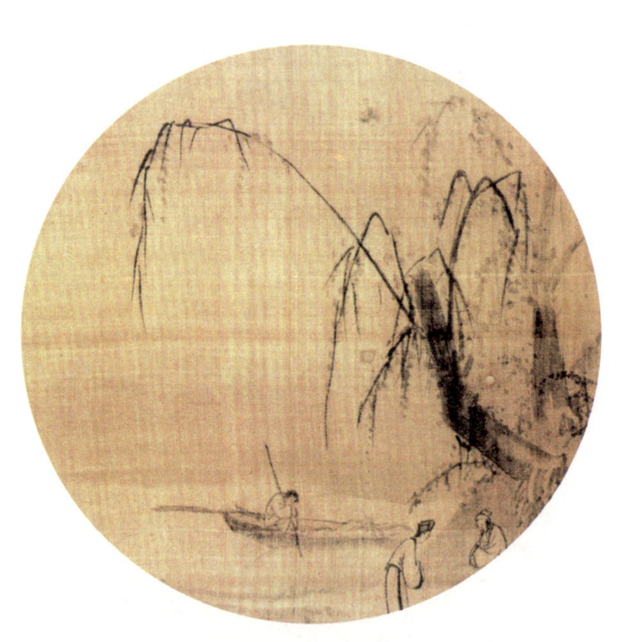

文化常识

拟人——把没有人类动作、感情、社会关系的事物，描述成在某一特征上，拥有了和人一样的动作、感情和社会关系，从而让被描述的事物更加生动形象。

新城道中

（北宋）苏轼

东风知我欲山行，吹断檐间积雨声。
岭上晴云披絮帽，树头初日挂铜钲。
野桃含笑竹篱短，溪柳自摇沙水清。
西崦人家应最乐，煮芹烧笋饷春耕。

桃花溪

（唐）张旭

隐隐飞桥隔野烟，
石矶西畔问渔船。
桃花尽日随流水，
洞在清溪何处边。

天净沙·春

（元）白朴

春山暖日和风，
阑干楼阁帘栊，
杨柳秋千院中。
啼莺舞燕，
小桥流水飞红。

文化常识

烘托——在文学创作中，当需要鲜明突出地表现一个事物时，先描写与这个事物相关联的环境、气氛、侧面形象等要素，然后在此基调上再描述这一事物，便能显得更加鲜明突出了。

同儿辈赋未开海棠

（金）元好问

枝间新绿一重重，
小蕾深藏数点红。
爱惜芳心莫轻吐，
且教桃李闹春风。

浪淘沙九首·其五

（唐）刘禹锡

濯锦江边两岸花，
春风吹浪正淘沙。
女郎剪下鸳鸯锦，
将向中流匹晚霞。

文化常识

对仗——在古诗中，把同类或对立概念的字词，在两两相对的句子中放在相对应的位置上，让诗句读来更有韵味，让诗句更具表现力。

浪淘沙九首·其二

（唐）刘禹锡

洛水桥边春日斜，
碧流轻浅见琼砂。
无端陌上狂风疾，
惊起鸳鸯出浪花。

文化常识

设问——为了强调部分内容，引起读者注意，带动读者与作者一同思考，在创作中会加入一些设问的修辞手法。

浪淘沙·把酒祝东风

（北宋）欧阳修

把酒祝东风，且共从容。
垂杨紫陌洛城东。
总是当时携手处，游遍芳丛。

聚散苦匆匆，此恨无穷。
今年花胜去年红。
可惜明年花更好，知与谁同？

春庭晚望（节选）

（南北朝）萧悫

泉鸣知水急，云来觉山近。

不愁花不飞，到畏花飞尽。

忆春雨

（唐）李德裕

春鸠鸣野树，细雨入池塘。
潭上花微落，溪边草更长。
梳风白鹭起，拂水彩鸳翔。
最羡归飞燕，年年在故乡。

文化常识

借景抒情——借助对眼前客观景物的描写，来抒发作者内心主观感情的写作手法。这种写作手法，能使感情与景物相互交融、互相依托，用极强的感染力使文字更加丰满立体，让作者个体化的情感抒发，融入到读者大众化的观景体验中，产生情感上的共鸣。

花影

（北宋）苏轼

重重叠叠上瑶台，
几度呼童扫不开。
刚被太阳收拾去，
却教明月送将来。

邠州

（清）谭嗣同

棠梨树下鸟呼风，
桃花溪边白复红。
一百里间春似海，
孤城掩映万花中。

文化常识

托物言志——通过描摹一个客观事物的某一方面具象特征，来比拟、象征某种精神、品格、志向、情感等抽象特征，来传递作者自己的情感意志。

春题湖上

（唐）白居易

湖上春来似画图，
乱峰围绕水平铺。
松排山面千重翠，
月点波心一颗珠。
碧毯线头抽早稻，
青罗裙带展新蒲。
未能抛得杭州去，
一半勾留是此湖。

春晚书山家屋壁

（唐）贯休

柴门寂寂黍饭馨，
山家烟火春雨晴。
庭花蒙蒙水泠泠，
小儿啼索树上莺。

文化常识

以小见大——写作中从小处描述，可以是小物件、小事情、小部位，进行详细描写、强调，然后加以放大，传递出作品的主题思想，可以是摆小物件的大地方、做小事情的大品格、包含小部位的大景象等。

汉江

（唐）杜牧

溶溶漾漾白鸥飞，
绿净春深好染衣。
南去北来人自老，
夕阳长送钓船归。

东马塍（节选）

（南宋）朱淑真

一塍芳草碧芊芊，
活水穿花暗护田。
蚕事正忙农事急，
不知春色为谁妍。

文化常识

卒章显志——在作品的结尾处，用一两句文字点明主旨。升华深刻性，凝结感染力，展现结构美。通常体现为，前文在顾左右而言他，或是写景抒情，或是客观描述寻常事件，结尾处笔锋一转，直抒胸臆，道出真情，把作品从前文的平实基调，提升到一个更高的境界。

春水

（唐）杜甫

三月桃花浪，江流复旧痕。
朝来没沙尾，碧色动柴门。
接缕垂芳饵，连筒灌小园。
已添无数鸟，争浴故相喧。

春行即兴

（唐）李华

宜阳城下草萋萋，
涧水东流复向西。
芳树无人花自落，
春山一路鸟空啼。

文化常识

夸张——对人或事物的形象、能力、作用、程度等方面进行有意识地夸大或缩小，来达到表达某种效果的需要。

农谣

（南宋）方岳

漠漠余香着草花，
森森柔绿长桑麻。
池塘水满蛙成市，
门巷春深燕作家。

钓鱼湾

（唐）储光羲

垂钓绿湾春，春深杏花乱。
潭清疑水浅，荷动知鱼散。
日暮待情人，维舟绿杨岸。

文化常识

反问——用疑问的形式表达确定的意思，是用来加重语气、强调观点的一种修辞方式。

晚春

（唐）韩愈

草树知春不久归，
百般红紫斗芳菲。
杨花榆荚无才思，
惟解漫天作雪飞。

横溪堂春晓

（南宋）虞似良

一把青秧趁手青，
轻烟漠漠雨冥冥。
东风染尽三千顷，
白鹭飞来无处停。

文化常识

顶真——上句结尾的字或词是下句开头的字或词，用以修饰两个句子的声韵，精彩俏皮之余，给读者一种严谨、周密、环环相扣、引人入胜的观感。

出郊

（明）杨慎

高田如楼梯，
平田如棋局。
白鹭忽飞来，
点破秧针绿。

台城

（唐）韦庄

江雨霏霏江草齐，六朝如梦鸟空啼。
无情最是台城柳，依旧烟笼十里堤。

文化常识

引用——在创作中，有意识地引用典故、前人诗句、名人名言，来借以表达自己的思想感情，使之更具有说服力，且含蓄典雅。

春日

（北宋）晁冲之

阴阴溪曲绿交加，
小雨翻萍上浅沙。
鹅鸭不知春去尽，
争随流水趁桃花。

绝句·其二

（唐）杜甫

江碧鸟逾白，山青花欲燃。
今春看又过，何日是归年。

文化常识

象征——通过事物之间的某种联系，借助描述人或物的具体形象，来表现某种抽象的概念、思想和情感。

春江花月夜（节选）

（唐）张若虚

春江潮水连海平，
海上明月共潮生。
滟滟随波千万里，
何处春江无月明！

仲春郊外

（唐）王勃

东园垂柳径，西堰落花津。
物色连三月，风光绝四邻。
鸟飞村觉曙，鱼戏水知春。
初晴山院里，何处染嚣尘。

文化常识

开门见山——在文学创作中，直截了当阐明文章主题，不拐弯抹角。

夏
Xia

西江月·夜行黄沙道中

（南宋）辛弃疾

明月别枝惊鹊，清风半夜鸣蝉。
稻花香里说丰年，听取蛙声一片。
七八个星天外，两三点雨山前。
旧时茅店社林边，路转溪桥忽见。

絲雨樓中試墨時霜毫
靈穎對君揮別來對雨
還相憶添寫松間雨後
枝

入若耶溪（节选）

（南朝·梁）王籍

蝉噪林逾静，
鸟鸣山更幽。

文化常识

借代——借一物来代替另一物，通常是以小见大，用某一大事物的标志特点或与其紧密相关的小事物来代替大事物本身，使作品发人联想、更有深意。

乡村四月

（南宋）翁卷

绿遍山原白满川，
子规声里雨如烟。
乡村四月闲人少，
才了蚕桑又插田。

小閣臨溪晚更嘉繞簷秋樹
集昏鴉何時再借西窗榻相
對寒燈細品茶 補唐解元詩

孟夏

（唐）贾弇

江南孟夏天，慈竹笋如编。
蜃气为楼阁，蛙声作管弦。

文化常识

对比——把对立、矛盾、具有明显差异的两个事物放在一起对照比较，让读者从对照比较中获得对这两个事物的判断，往往能突出被比较事物的本质，传达作者的判断，提高作品的艺术效果和感染力。

约客（节选）

（南宋）赵师秀

黄梅时节家家雨，

青草池塘处处蛙。

初夏江村（节选）

（明）高启

轻衣软履步江沙，
树暗前村定几家。
水满乳凫翻藕叶，
风疏飞燕拂桐花。

文化常识

反复——根据表达需要，有意让一个句子或词语重复出现，强调作者的思想意图，让作品的情感更加激烈绵长。

水口行舟

（南宋）朱熹

昨夜扁舟雨一蓑，
满江风浪夜如何？
今朝试卷孤篷看？
依旧青山绿水多。

天平山中

（明）杨基

细雨茸茸湿楝花，
南风树树熟枇杷；
徐行不记山深浅，
一路莺啼送到家。

文化常识

倒叙——在叙述整个事件时，把其中某个最能表现作品思想或者引起悬念的一段部分，提到最前面讲述，其余部分仍然按时间发展叙述。倒叙能使文章曲折有致，引人入胜。

蓮渚文禽仿落軒筆意 汝南周之冕

芳塘衣浥相思草水亦凝烟花花葉
葉總相依最住文禽一對不分飛制
閒漾于柳戲藕絲合從來有人天緣喜
此圖中郎識汝渦蕭瑟有西風
嘉慶丙寅九月廿有六日几暇御題

咏同心芙蓉

（隋）杜公瞻

灼灼荷花瑞，亭亭出水中。
一茎孤引绿，双影共分红。
色夺歌人脸，香乱舞衣风。
名莲自可念，况复两心同。

莲花

（唐）郭震

脸腻香薰似有情，
世间何物比轻盈。
湘妃雨后来池看，
碧玉盘中弄水晶。

文化常识

欲扬先抑——扬，即是颂赞、褒扬；抑，即是贬低、压抑。在这一写作手法中，对描写的人物、事情，先指出不好的部分，降低读者的印象和期待，然后笔锋一转，褒扬占主体地位的好的部分，来达到让人眼前一亮、豁然开朗的描述效果。

鄂州南楼书事

（北宋）黄庭坚

四顾山光接水光，
凭栏十里芰荷香。
清风明月无人管，
并作南楼一味凉。

湖上寓居杂咏

（南宋）姜夔

苑墙曲曲柳冥冥，
人静山空见一灯。
荷叶似云香不断，
小船摇曳入西陵。

榴花

（唐）韩愈

五月榴花照眼明，
枝间时见子初成。
可怜此地无车马，
颠倒青苔落绛英。

文化常识

中国最早的一部诗歌总集——《诗经》

奉和夏日应令

（南北朝）庾信

朱帘卷丽日，翠幕蔽重阳。
五月炎蒸气，三时刻漏长。
麦随风里熟，梅逐雨中黄。
开冰带井水，和粉杂生香。
衫含蕉叶气，扇动竹花凉。
早菱生软角，初莲开细房。
愿陪仙鹤举，洛浦听笙簧。

文化常识

《诗经》分为《风》《雅》《颂》。《风》是周朝各地的民间歌谣；《雅》是周人的正声雅乐；《颂》是周朝王室和贵族宗庙祭祀所用的乐歌。

舟行

（明）吴承恩

白鹭群翻隔浦风，
斜阳遥映树重重。
前村一片云将雨，
闲倚船窗看挂龙。

夏日

（北宋）张耒

长夏村墟风日清，檐牙燕雀已生成。

蝶衣晒粉花枝舞，蛛网添丝屋角晴。

落落疏帘邀月影，嘈嘈虚枕纳溪声。

久斑两鬓如霜雪，直欲渔樵过此生。

咏萤火

（唐）虞世南

的历流光小，
飘飖弱翅轻。
恐畏无人识，
独自暗中明。

文化常识

四书——《大学》《中庸》《论语》《孟子》

云

（唐）来鹄

千形万象竟还空，
映水藏山片复重。
无限旱苗枯欲尽，
悠悠闲处作奇峰。

文化常识

五经——《诗经》《尚书》《礼记》《易经》《春秋》

江村

（唐）杜甫

清江一曲抱村流，
长夏江村事事幽。
自去自来堂上燕，
相亲相近水中鸥。

石梁飛瀑
己巳八月既望

山亭夏日

（唐）高骈

绿树阴浓夏日长，
楼台倒影入池塘。
水晶帘动微风起，
满架蔷薇一院香。

文化常识

中国古代文学史上最长的抒情诗——《离骚》

山居杂诗

（金）元好问

瘦竹藤斜挂，
丛花草乱生。
林高风有态，
苔滑水无声。

有美堂暴雨

（北宋）苏轼

游人脚底一声雷，
满座顽云拨不开。
天外黑风吹海立，
浙东飞雨过江来。
十分潋滟金樽凸，
千杖敲铿羯鼓催。
唤起谪仙泉洒面，
倒倾鲛室泻琼瑰。

文化常识

汉赋四大家——司马相如、杨雄、班固、张衡

采莲曲

（南北朝）萧纲

晚日照空矶，采莲承晚晖。
风起湖难渡，莲多采未稀。
棹动芙蓉落，船移白鹭飞。
荷丝傍绕腕，菱角远牵衣。

采莲曲二首·其二

（唐）王昌龄

荷叶罗裙一色裁，
芙蓉向脸两边开。
乱入池中看不见，
闻歌始觉有人来。

文化常识

《乐府诗集》是一部总括中国自汉至唐乐府歌辞的诗集，由北宋郭茂倩所编。现存一百卷，内容丰富，涵盖当时社会生活方方面面，共有五千余首。乐府是古代掌管音乐的官署，收集文人创作和民间文稿整理成歌词。后来人们称乐府采集的诗歌为乐府诗、乐府歌辞，乐府也渐渐由机构名变为了诗歌体裁名。

莲叶

（唐）郑谷

移舟水溅差差绿，
倚槛风摆柄柄香。
多谢浣纱人未折，
雨中留得盖鸳鸯。

荷叶

（北宋）欧阳修

池面风来波潋潋，
波间露下叶田田。
谁于水面张青盖，
罩却红妆唱采莲。

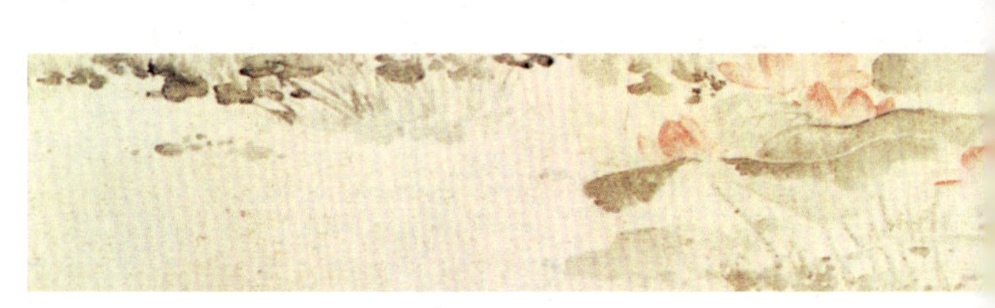

文化常识

《乐府诗集》把乐府诗分为：郊庙歌辞、燕射歌辞、鼓吹曲辞、横吹曲辞、相和歌辞、清商曲辞、舞曲歌辞、琴曲歌辞、杂曲歌辞、近代曲辞、杂歌谣辞和新乐府辞，共十二大类。

莲花

（南宋）杨万里

红白莲花开共塘，
两般颜色一般香。
恰如汉殿三千女，
半是浓妆半淡妆。

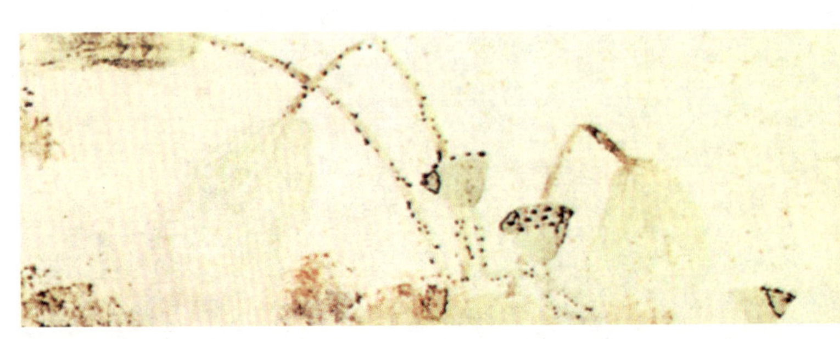

石榴

（北宋）苏轼

风流意不尽，
独自送残芳。
色作裙腰染，
名随酒盏狂。

文化常识

被称为“五言之冠冕”的作品——《古诗十九首》

夏日浮舟过陈大水亭（一作：浮舟过滕逸人别业）

（唐）孟浩然

水亭凉气多，闲棹晚来过。
涧影见松竹，潭香闻芰荷。
野童扶醉舞，山鸟助酣歌。
幽赏未云遍，烟光奈夕何。

夏夜追凉

（南宋）杨万里

夜热依然午热同，
开门小立月明中。
竹深树密虫鸣处，
时有微凉不是风。

文化常识

绝句——四句一首，是唐朝流行起来的中国诗歌体裁，属于近体诗的一种。按照每句的字数，分为五言绝句、六言绝句和七言绝句，以五言和七言为最多。

夏日南亭怀辛大

（唐）孟浩然

山光忽西落，池月渐东上。
散发乘夕凉，开轩卧闲敞。
荷风送香气，竹露滴清响。
欲取鸣琴弹，恨无知音赏。
感此怀故人，中宵劳梦想。

浣溪沙·玉碗冰寒滴露华（节选）

（北宋）晏殊

玉碗冰寒滴露华，
粉融香雪透轻纱。
晚来妆面胜荷花。

文化常识

律诗——是唐朝流行起来的中国诗歌体裁，属于近体诗的一种，因对格律要求非常严格而得名。八句一首，一韵到底，平仄有对，常见有五律和七律。

闲居初夏午睡起·其一

（南宋）杨万里

梅子留酸软齿牙，
芭蕉分绿与窗纱。
日长睡起无情思，
闲看儿童捉柳花。

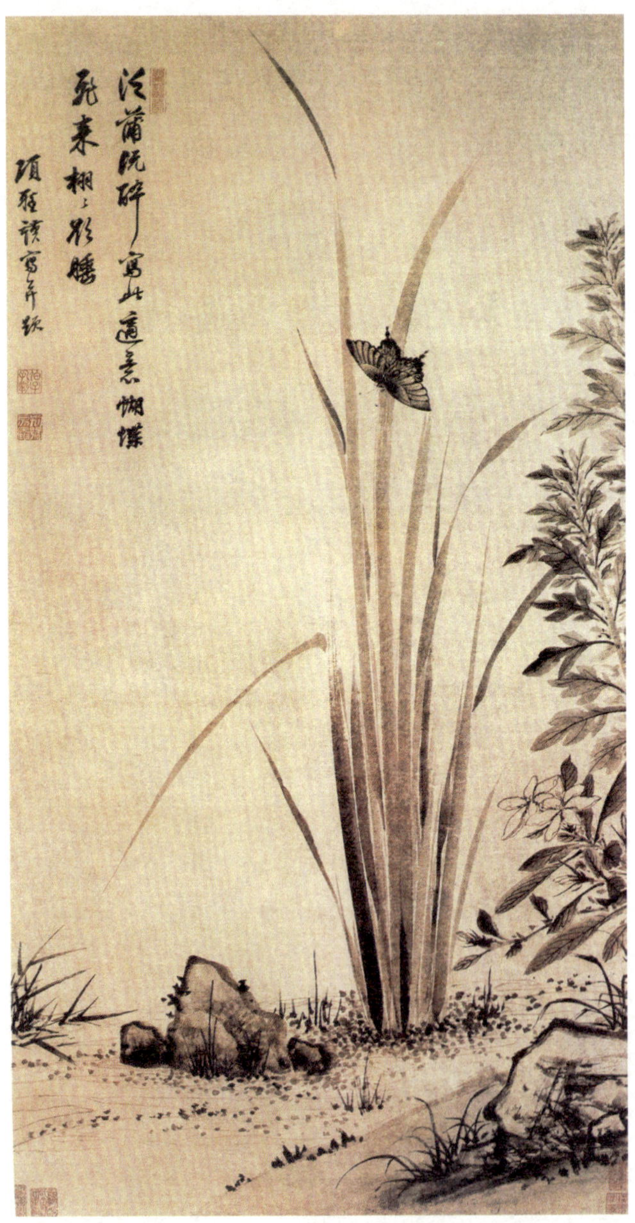

晚晴（节选）

（唐）李商隐

深居俯夹城，
春去夏犹清。
天意怜幽草，
人间重晚晴。

文化常识

七绝圣手——王昌龄

客中初夏

（北宋）司马光

四月清和雨乍晴，
南山当户转分明。
更无柳絮因风起，
惟有葵花向日倾。

夏意

（北宋）苏舜钦

别院深深夏席清，石榴开遍透帘明。
树阴满地日当午，梦觉流莺时一声。

文化常识

初唐四杰——王勃、杨炯、卢照邻、骆宾王

喜晴

（南宋）范成大

窗间梅熟落蒂，
墙下笋成出林。
连雨不知春去，
一晴方觉夏深。

夏夜叹（节选）

（唐）杜甫

昊天出华月，
茂林延疏光。
仲夏苦夜短，
开轩纳微凉。

文化常识

最早大量创作田园诗的作家——陶渊明

阮郎归·初夏

（北宋）苏轼

绿槐高柳咽新蝉。
薰风初入弦。
碧纱窗下水沉烟。
棋声惊昼眠。

微雨过，小荷翻。
榴花开欲然。
玉盆纤手弄清泉。
琼珠碎却圆。

菩萨蛮·回文夏闺怨

（北宋）苏轼

柳庭风静人眠昼，昼眠人静风庭柳。
香汗薄衫凉，凉衫薄汗香。
手红冰碗藕，藕碗冰红手。
郎笑藕丝长，长丝藕笑郎。

文化常识

边塞诗——以边疆地区的汉族生活、军事活动、爱国情怀和边塞风光为题材的诗歌，著名边塞诗人有：王昌龄、岑参、李贺。

纳凉

（北宋）秦观

携杖来追柳外凉，
画桥南畔倚胡床。
月明船笛参差起，
风定池莲自在香。

贺新郎·夏景（节选）

（北宋）苏轼

手弄生绡白团扇，扇手一时似玉。

渐困倚、孤眠清熟。

帘外谁来推绣户，枉教人、梦断瑶台曲。

又却是，风敲竹。

文化常识

山水田园诗——以描写自然山水、农村风景以及隐居生活为主，风格恬静淡雅，多以白描为主。著名山水田园诗人有：陶渊明、王维、孟浩然。

水閣讀書圖
擬元人筆法寫于赤城客次

幽居初夏（节选）

（南宋）陆游

湖山胜处放翁家，槐柳阴中野径斜。
水满有时观下鹭，草深无处不鸣蛙。

江楼夕望招客（节选）

（唐）白居易

风吹古木晴天雨，
月照平沙夏夜霜。

文化常识

诗仙——李白；诗圣——杜甫；诗鬼——李贺；诗豪——刘禹锡；诗奴——贾岛；诗囚——孟郊；诗狂——贺知章

初夏游张园

（南宋）戴复古

乳鸭池塘水浅深，
熟梅天气半阴晴。
东园载酒西园醉，
摘尽枇杷一树金。

临江仙·柳外轻雷池上雨

（南宋）欧阳修

柳外轻雷池上雨，雨声滴碎荷声。
小楼西角断虹明。
阑干倚处，待得月华生。
燕子飞来窥画栋，玉钩垂下帘旌。
凉波不动簟纹平。
水精双枕，傍有堕钗横。

文化常识

吴中四士——张若虚、贺知章、张旭、包融

壬子立冬後二日
邊壽民寫於白沙旅館

念奴娇·西湖和人韵（节选）

（南宋）辛弃疾

晚风吹雨，战新荷、声乱明珠苍璧。
谁把香奁收宝镜，云锦红涵湖碧。
飞鸟翻空，游鱼吹浪，惯趁笙歌席。
坐中豪气，看公一饮千石。

乌夜啼·纨扇婵娟素月

（南宋）陆游

纨扇婵娟素月，纱巾缥缈轻烟。
高槐叶长阴初合，清润雨馀天。
弄笔斜行小草，钩帘浅醉闲眠。
更无一点尘埃到，枕上听新蝉。

文化常识

“元白”——是指中唐时期的元稹、白居易

浣沙溪·翠葆参差竹径成

（北宋）周邦彦

翠葆参差竹径成。
新荷跳雨泪珠倾。
曲阑斜转小池亭。

风约帘衣归燕急，
水摇扇影戏鱼惊。
柳梢残日弄微晴。

夏夜苦热登西楼（节选）

（唐）柳宗元

苦热中夜起，
登楼独褰衣。
山泽凝暑气，
星汉湛光辉。

文化常识

“小李杜”——是指晚唐时期的李商隐、杜牧。

夏至避暑北池（节选）

（唐）韦应物

昼晷已云极，宵漏自此长。
未及施政教，所忧变炎凉。
公门日多暇，是月农稍忙。
高居念田里，苦热安可当。

秋
Qiu

雨後空林生白烟山中處處有
流泉因尋陸羽幽棲去獨聽
鐘聲思冋然戊申三月五日
雲林生寫

山居秋暝

（唐）王维

空山新雨后，天气晚来秋。
明月松间照，清泉石上流。
竹喧归浣女，莲动下渔舟。
随意春芳歇，王孙自可留。

迢迢牵牛星

（两汉）佚名

迢迢牵牛星，皎皎河汉女。
纤纤擢素手，札札弄机杼。
终日不成章，泣涕零如雨。
河汉清且浅，相去复几许！
盈盈一水间，脉脉不得语。

文化常识

唐宋八大家——王安石、欧阳修、韩愈、苏洵、苏轼、苏辙、柳宗元、曾巩

秋词

（唐）刘禹锡

自古逢秋悲寂寥，
我言秋日胜春朝。
晴空一鹤排云上，
便引诗情到碧霄。

秋夕

（唐）杜牧

银烛秋光冷画屏，
轻罗小扇扑流萤。
天阶夜色凉如水，
卧看牵牛织女星。

文化常识

按词体大略有二：一体婉约，一体豪放。婉约者欲其辞情蕴藉，豪放者欲其气象恢弘。盖亦存乎其人，如秦少游之作多是婉约，苏子瞻之作多是豪放。大抵词体以婉约为正。——《诗馀图谱》

咏露珠

（唐）韦应物

秋荷一滴露，清夜坠玄天。
将来玉盘上，不定始知圆。

玩萤火

（唐）韦应物

时节变衰草，
物色近新秋。
度月影才敛，
绕竹光复流。

文化常识

婉约派代表词人——李清照、柳永、秦观、李煜

秋夜讀書圖

子夜四时歌之秋歌（节选）

（南北朝）佚名

秋风入窗里，
罗帐起飘扬。
仰头看明月，
寄情千里光。

江宿

（明）汤显祖

寂历秋江渔火稀，
起看残月映林微。
波光水鸟惊犹宿，
露冷流萤湿不飞。

文化常识

豪放派代表词人——苏轼、辛弃疾

秋日田园杂兴（节选）

（南宋）范成大

新筑场泥镜面平，
家家打稻趁霜晴。
笑歌声里轻雷动，
一夜连枷响到明。

赠江客

（唐）白居易

江柳影寒新雨地，
塞鸿声急欲霜天。
愁君独向沙头宿，
水绕芦花月满船。

文化常识

元曲四大家——关汉卿、马致远、白朴、郑光祖

江村即事

（唐）司空曙

钓罢归来不系船，
江村月落正堪眠。
纵然一夜风吹去，
只在芦花浅水边。

落叶

（唐）孔绍安

早秋惊落叶，
飘零似客心。
翻飞未肯下，
犹言惜故林。

文化常识

汤显祖的“临川四梦”——《南柯记》《邯郸记》《牡丹亭》《紫钗记》

山店

（唐）卢纶（一说王建）

登登山路行时尽，
决决溪泉到处闻。
风动叶声山犬吠，
一家松火隔秋云。

栾家濑

（唐）王维

飒飒秋雨中，
浅浅石溜泻。
跳波自相溅，
白鹭惊复下。

文化常识

“史家之绝唱，无韵之离骚”——《史记》

落花人獨立微雨燕雙歸
宋人词
余集寫

玉阶怨

（唐）李白

玉阶生白露，
夜久侵罗袜。
却下水晶帘，
玲珑望秋月。

秋思

（南宋）陆游

桑竹成阴不见门，
牛羊分路各归村。
前山雨过云无迹，
别浦潮回岸有痕。

文化常识

岁寒三友——松、竹、梅

風號大樹中天立
日薄西山四海孤
短策且隨時旦莫
不堪回首望菰蒲
項聖謨詩畫

十五夜望月寄杜郎中

（唐）王建

中庭地白树栖鸦，
冷露无声湿桂花。
今夜月明人尽望，
不知秋思落谁家。

重赠吴国宾

（明）边贡

汉江明月照归人，
万里秋风一叶身。
休把客衣轻浣濯，
此中犹有帝京尘。

文化常识

花中四君子——梅、兰、竹、菊

秋登宣城谢朓北楼

（唐）李白

江城如画里，山晓望晴空。
两水夹明镜，双桥落彩虹。
人烟寒橘柚，秋色老梧桐。
谁念北楼上，临风怀谢公。

微雨夜行

（唐）白居易

漠漠秋云起，
稍稍夜寒生。
但觉衣裳湿，
无点亦无声。

文化常识

中兴四大诗人（又称“南宋四大家”）——杨万里、范成大、陆游、尤袤

峨眉山月歌

（唐）李白

峨眉山月半轮秋，
影入平羌江水流。
夜发清溪向三峡，
思君不见下渝州。

秋夜闻砧

（唐）杜荀鹤

荒凉客舍眠秋色，
砧杵家家弄月明。
不及巴山听猿夜，
三声中有不愁声。

文化常识

立春——立，是开始的意思，古时这一天，皇帝率大臣们去东郊迎春，祈求丰收，不仅是二十四节气之一，也是全民的迎春活动日。

晚泊牛渚

（唐）刘禹锡

芦苇晚风起，秋江鳞甲生。
残霞忽变色，游雁有余声。
戍鼓音响绝，渔家灯火明。
无人能咏史，独自月中行。

霜月

（唐）李商隐

初闻征雁已无蝉，
百尺楼高水接天。
青女素娥俱耐冷，
月中霜里斗婵娟。

文化常识

夏至——是二十四节气中最早被确定的一个，在《恪遵宪度抄本》中记载：“日北至，日长之至，日影短至，故曰夏至。至者，极也。”

江楼晚眺景物鲜奇吟玩成篇寄水部张员外（节选）

（唐）白居易

风翻白浪花千片，
雁点青天字一行。

上太行

（明）于谦

西风落日草斑斑，云薄秋空鸟独还。
两鬓霜华千里客，马蹄又上太行山。

文化常识

立秋——是秋天的第一个节气，古代将立秋分为三候：“一候凉风至；二候白露降；三候寒蝉鸣。”

重九（节选）

（明）鲁渊

白雁南飞天欲霜，
萧萧风雨又重阳。

夜坐

（唐）白居易

斜月入前楹，迢迢夜坐情。
梧桐上阶影，蟋蟀近床声。
曙傍窗间至，秋从簟上生。
感时因忆事，不寝到鸡鸣。

文化常识

冬至——冬至既是二十四节气之一，也是中国的一个传统节日，有冬节之称。古人认为自冬至开始，又进入一个循环，是大吉之日，冬至又被称作“小年”。

菊花

（唐）元稹

秋丛绕舍似陶家，
遍绕篱边日渐斜。
不是花中偏爱菊，
此花开尽更无花。

野望（节选）

（唐）杜甫

叶稀风更落，
山迥日初沉。
独鹤归何晚，
昏鸦已满林。

文化常识

三曹——曹操、曹丕、曹植

夜坐

（北宋）张耒

庭户无人秋月明，
夜霜欲落气先清。
梧桐真不甘衰谢，
数叶迎风尚有声。

书河上亭壁

（北宋）寇准

岸阔樯稀波渺茫，
独凭危槛思何长。
萧萧远树疏林外，
一半秋山带夕阳。

文化常识

赋、比、兴——《诗经》的三种表现手法。赋，是平铺直叙，类似于排比；比，是类比、比喻；兴，是烘托起兴，类似于象征。

江上

（北宋）王安石

江水漾西风，
江花脱晚红。
离情被横笛，
吹过乱山东。

赠刘景文

（北宋）苏轼

荷尽已无擎雨盖，
菊残犹有傲霜枝。
一年好景君须记，
正是橙黄橘绿时。

文化常识

古体诗——是近体诗形成前的各种诗歌体裁，也称古诗、古风，有“歌”“行”“吟”三种形式。

茅屋为秋风所破歌（节选）

（唐）杜甫

安得广厦千万间，
大庇天下寒士俱欢颜，
风雨不动安如山。
呜呼！何时眼前突兀见此屋，
吾庐独破受冻死亦足！

秋思

（唐）张籍

洛阳城里见秋风，
欲作家书意万重。
复恐匆匆说不尽，
行人临发又开封。

文化常识

苏门四学士——黄庭坚、秦观、晁补之、张耒

山中

（唐）王维

荆溪白石出，
天寒红叶稀。
山路元无雨，
空翠湿人衣。

秋风词（节选）

（唐）李白

秋风清，秋月明，
落叶聚还散，寒鸦栖复惊。
相思相见知何日？
此时此夜难为情！

文化常识

苏黄米蔡——即宋人苏轼、黄庭坚、米芾、蔡襄的合称，四人被后世认为最能代表宋代书法成就。

登高

（唐）杜甫

风急天高猿啸哀，渚清沙白鸟飞回。
无边落木萧萧下，不尽长江滚滚来。
万里悲秋常作客，百年多病独登台。
艰难苦恨繁霜鬓，潦倒新停浊酒杯。

苏幕遮·怀旧

（北宋）范仲淹

碧云天，黄叶地。秋色连波，波上寒烟翠。
山映斜阳天接水。芳草无情，更在斜阳外。
黯乡魂，追旅思。夜夜除非，好梦留人睡。
明月楼高休独倚。酒入愁肠，化作相思泪。

文化常识

天干——甲、乙、丙、丁、戊、己、庚、辛、壬、癸

偶成

（南宋）朱熹

少年易老学难成，
一寸光阴不可轻。
未觉池塘春草梦，
阶前梧叶已秋声。

长安秋望

（唐）杜牧

楼倚霜树外，
镜天无一毫。
南山与秋色，
气势两相高。

文化常识

地支——子、丑、寅、卯、辰、巳、午、未、申、酉、戌、亥

秋风引

（唐）刘禹锡

何处秋风至？
萧萧送雁群。
朝来入庭树，
孤客最先闻。

秋兴八首·其三（节选）

（唐）杜甫

同学少年多不贱，
五陵衣马自轻肥。

文化常识

生肖——鼠、牛、虎、兔、龙、蛇、马、羊、猴、鸡、狗、猪

秋夜曲

（唐）王维

桂魄初生秋露微，
轻罗已薄未更衣。
银筝夜久殷勤弄，
心怯空房不忍归。

鹧鸪天·寒日萧萧上琐窗（节选）

（南宋）李清照

秋已尽，日犹长，

仲宣怀远更凄凉。

不如随分尊前醉，

莫负东篱菊蕊黄。

文化常识

工笔画——是中国画技法类别中的一种，工整细致，崇尚写实。

秋雨中赠元九

（唐）白居易

不堪红叶青苔地，
又是凉风暮雨天。
莫怪独吟秋思苦，
比君校近二毛年。

长信秋词五首·其一

（唐）王昌龄

金井梧桐秋叶黄，
珠帘不卷夜来霜。
熏笼玉枕无颜色，
卧听南宫清漏长。

文化常识

写意画——是中国画技法类别中的一种，用笔不求工细，注重神态表现和抒发情趣，形简而意丰。

浣溪沙·山色横侵蘸晕霞（节选）

（北宋）苏轼

梦到故园多少路，
酒醒南望隔天涯。
月明千里照平沙。

玉蝴蝶·秋风凄切伤离

（唐）温庭筠

秋风凄切伤离，行客未归时。
塞外草先衰，江南雁到迟。
芙蓉凋嫩脸，杨柳堕新眉。
摇落使人悲，断肠谁得知。

文化常识

篆书——是大篆、小篆的统称，笔法瘦劲挺拔，直线较多。保留了象形文字的一些特点。

冬
Dong

雪梅·其一

（南宋）卢梅坡

梅雪争春未肯降，
骚人搁笔费评章。
梅须逊雪三分白，
雪却输梅一段香。

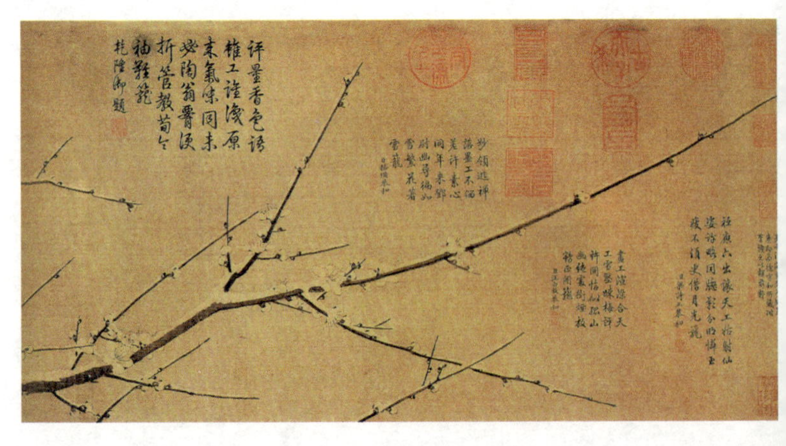

文化常识

隶书——字形多呈宽扁，横长竖短，讲究“蚕头雁尾”“一波三折”。

天净沙·冬

（元）白朴

一声画角谯门，半庭新月黄昏，

雪里山前水滨。

竹篱茅舍，淡烟衰草孤村。

逢雪宿芙蓉山主人

（唐）刘长卿

日暮苍山远，天寒白屋贫。
柴门闻犬吠，风雪夜归人。

文化常识

楷书——由隶书演变而来，更加简化。“形体方正，笔画平直，可作楷模”。

夜雪

（唐）白居易

已讶衾枕冷，
复见窗户明。
夜深知雪重，
时闻折竹声。

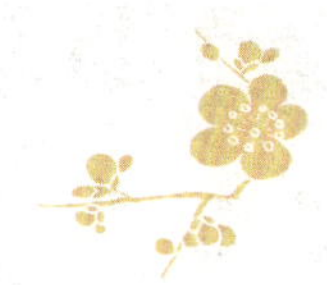

观猎（节选）

（唐）王维

风劲角弓鸣，
将军猎渭城。
草枯鹰眼疾，
雪尽马蹄轻。

文化常识

行书——在楷书基础上发展而来，介于楷书与草书之间，为弥补楷书书写速度慢、草书辨识度低而产生的。

和张仆射塞下曲·其三

（唐）卢纶

月黑雁飞高，单于夜遁逃。
欲将轻骑逐，大雪满弓刀。

乾隆丁巳小春寫北宋人筆
南蘋沈銓

雪梅·其二

（南宋）卢梅坡

有梅无雪不精神，
有雪无诗俗了人。
日暮诗成天又雪，
与梅并作十分春。

文化常识

草书——草书形成于汉代，为了书写简便在隶书基础上演变而来，笔画连绵，艺术性强。

北风行（节选）

（唐）李白

燕山雪花大如席，
片片吹落轩辕台。

对雪（节选）

（唐）杜甫

乱云低薄暮，

急雪舞回风。

文化常识

文房四宝——笔、墨、纸、砚

邯郸冬至夜思家

（唐）白居易

邯郸驿里逢冬至，
抱膝灯前影伴身。
想得家中夜深坐，
还应说着远行人。

山中雪后

（清）郑燮

晨起开门雪满山，
雪晴云淡日光寒。
檐流未滴梅花冻，
一种清孤不等闲。

文化常识

中国四大名桥——广济桥、赵州桥、洛阳桥、卢沟桥

早冬

（唐）白居易

十月江南天气好，
可怜冬景似春华。
霜轻未杀萋萋草，
日暖初干漠漠沙。
老柘叶黄如嫩树，
寒樱枝白是狂花。
此时却羡闲人醉，
五马无由入酒家。

阁夜（节选）

（唐）杜甫

岁暮阴阳催短景，
天涯霜雪霁寒宵。
五更鼓角声悲壮，
三峡星河影动摇。

文化常识

长江三峡——西陵峡、巫峡、瞿塘峡

高節凌寒偶爲

对雪

（唐）高骈

六出飞花入户时，
坐看青竹变琼枝。
如今好上高楼望，
盖尽人间恶路岐。

南乡子·冬夜

（宋）黄升

万籁寂无声。衾铁稜稜近五更。香断灯昏吟未稳，凄清。只有霜华伴月明。

应是夜寒凝。恼得梅花睡不成。我念梅花花念我，关情。起看清冰满玉瓶。

文化常识

中国四大名园——北京颐和园、承德避暑山庄、苏州拙政园、苏州留园

对雪二首·其二

（唐）李商隐

旋扑珠帘过粉墙，轻于柳絮重于霜。
已随江令夸琼树，又入卢家妒玉堂。
侵夜可能争桂魄，忍寒应欲试梅妆。
关河冻合东西路，肠断斑骓送陆郎。

饮马长城窟行（节选）

（唐）李世民

塞外悲风切，交河冰已结。

瀚海百重波，阴山千里雪。

文化常识

八卦——乾、坤、震、巽、坎、离、艮、兑

十二月十五夜

（清）袁枚

沉沉更鼓急，渐渐人声绝。
吹灯窗更明，月照一天雪。

雪望

（清）洪升

寒色孤村幕，悲风四野闻。
溪深难受雪，山冻不流云。
鸥鹭飞难辨，沙汀望莫分。
野桥梅几树，并是白纷纷。

文化常识

八仙——铁拐李、钟汉离、张果老、吕洞宾、何仙姑、蓝采和、韩湘子、曹国舅

嘲王历阳不肯饮酒

（唐）李白

地白风色寒，雪花大如手。
笑杀陶渊明，不饮杯中酒。
浪抚一张琴，虚栽五株柳。
空负头上巾，吾于尔何有。

洛桥晚望

（唐）孟郊

天津桥下冰初结，
洛阳陌上人行绝。
榆柳萧疏楼阁闲，
月明直见嵩山雪。

文化常识

五谷——麻、黍、稷、麦、菽（一说是稻、黍、稷、麦、菽）

冬日归旧山（节选）

（唐）李白

未洗染尘缨，
归来芳草平。
一条藤径绿，
万点雪峰晴。

踏莎行·雪似梅花

（北宋）吕本中

雪似梅花，梅花似雪。似和不似都奇绝。
恼人风味阿谁知？请君问取南楼月。
记得去年，探梅时节。老来旧事无人说。
为谁醉倒为谁醒？到今犹恨轻离别。

文化常识

中国古代四大美女——西施（沉鱼）、王昭君（落雁）、貂蝉（闭月）、杨玉环（羞花）

大德歌·冬景

（元）关汉卿

雪粉华，舞梨花，再不见烟村四五家。
密洒堪图画，看疏林噪晚鸦。
黄芦掩映清江下，斜缆着钓鱼艖。

送李端

（唐）卢纶

故关衰草遍，离别自堪悲。
路出寒云外，人归暮雪时。
少孤为客早，多难识君迟。
掩泪空相向，风尘何处期。

文化常识

四大民间传说——《牛郎织女》《梁山伯与祝英台》《孟姜女哭长城》《白蛇传》

腊日

（唐）杜甫

腊日常年暖尚遥，
今年腊日冻全消。
侵陵雪色还萱草，
漏泄春光有柳条。

冬柳

（唐）陆龟蒙

柳汀斜对野人窗，
零落衰条傍晓江。
正是霜风飘断处，
寒鸥惊起一双双。

文化常识

中国古籍按内容区分为四大部类——经、史、子、集

岁暮

（南北朝）谢灵运

殷忧不能寐，苦此夜难颓。
明月照积雪，朔风劲且哀。
运往无淹物，年逝觉已催。

寫於西湖之泛中流

苑中遇雪应制

（唐）宋之问

紫禁仙舆诘旦来，
青旂遥倚望春台。
不知庭霰今朝落，
疑是林花昨夜开。

文化常识

六合——天、地、东、南、西、北（六个方位）；八荒——东、东南、南、西南、西、西北、北、东北（八个方向）

幽居冬暮

（唐）李商隐

羽翼摧残日，郊园寂寞时。
晓鸡惊树雪，寒鹜守冰池。
急景忽云暮，颓年浸已衰。
如何匡国分，不与夙心期。

冬晚对雪忆胡居士家（节选）

（唐）王维

洒空深巷静，
积素广庭闲。
借问袁安舍，
翛然尚闭关。

文化常识

书法九势——落笔、转笔、藏峰、藏头、护尾、疾势、掠笔、涩势、横鳞竖勒

半幀溪藤瑩潔一池
水墨濃酣莫訝疎香太
早東風已到江南
溪東外史汪士慎

满路花·冬（节选）

（南宋）张淑芳

仅梅花知苦、香来接。离愁万种，提起心头切。比霜风更烈。瘦似枯枝，待何人与分说。

菩萨蛮·白日惊飚冬已半

（清）纳兰性德

白日惊飚冬已半，解鞍正值昏鸦乱。
冰合大河流，茫茫一片愁。
烧痕空极望，鼓角高城上。
明日近长安，客心愁未阑。

文化常识

竹林七贤——嵇康、刘伶、阮籍、山涛、阮咸、向秀、王戎

人月圆·雪中游虎丘

（元）张可久

梅花浑似真真面，留我倚阑杆。雪晴天气，松腰玉瘦，泉眼冰寒。兴亡遗恨，一丘黄土，千古青山。老僧同醉，残碑休打，宝剑羞看。

岁晏行（节选）

（唐）杜甫

岁云暮矣多北风，潇湘洞庭白雪中。
渔父天寒网罟冻，莫徭射雁鸣桑弓。

文化常识

饮中八仙——李白、贺知章、李适之、李琎、崔宗之、苏晋、张旭、焦遂

悲青坂（节选）

（唐）杜甫

山雪河冰野萧瑟，
青是烽烟白人骨。
焉得附书与我军，
忍待明年莫仓卒。

夜宴南陵留别

（唐）李嘉祐

雪满前庭月色闲，
主人留客未能还。
预愁明日相思处，
匹马千山与万山。

文化常识

扬州八怪——郑板桥、汪士慎、李鱓、黄慎、金农、高翔、李方膺、罗聘

岸容待臘將舒柳
山意衝寒欲放梅

送外甥怀素上人归乡侍奉（节选）

（唐）钱起

飞锡离乡久，宁亲喜腊初。

故池残雪满，寒柳霁烟疏。

维扬冬末寄幕中二从事（节选）

（唐）王建

典尽客衣三尺雪，
炼精诗句一头霜。
故人多在芙蓉幕，
应笑孜孜道未光。

文化常识

二十四史——《史记》《汉书》《后汉书》《三国志》《晋书》《宋书》《南齐书》《梁书》《陈书》《魏书》《北齐书》《周书》《隋书》《南史》《北史》《旧唐书》《新唐书》《旧五代史》《新五代史》《宋史》《辽史》《金史》《元史》《明史》

临江仙

（北宋）苏轼

冬夜夜寒冰合井，画堂明月侵帏。
青缸明灭照悲啼。青缸挑欲尽，粉泪裛还垂。
未尽一尊先掩泪，歌声半带清悲。情声两尽莫相违。
欲知肠断处，梁上暗尘飞。

郊行值雪

（南北朝）庾信

风云俱惨惨。原野共茫茫。

雪花开六出。冰珠映九光。

还如驱玉马。暂似猎银獐。

阵云全不动。寒山无物香。

薛君一狐白。唐侯调骕骦。

寒关日欲暮。披雪渡河梁。

文化常识

五音——宫、商、角、徵、羽

梅花落

（南朝·梁）吴均

隆冬十二月，寒风西北吹。
独有梅花落，飘荡不依枝。
流连逐霜彩，散漫下冰澌。
何当与春日，共映芙蓉池。

除夜自石湖归苕溪

（南宋）姜夔

细草穿沙雪半销，吴宫烟冷水迢迢。
梅花竹里无人见，一夜吹香过石桥。

文化常识

六艺——礼、乐、射、御、书、数

春雪

（唐）韩愈

新年都未有芳华，
二月初惊见草芽。
白雪却嫌春色晚，
故穿庭树作飞花。

卜算子

（南宋）张孝祥

雪月最相宜，梅雪都清绝。
去岁江南见雪时，月底梅花发。
今岁早梅开，依旧年时月。
冷艳孤光照眼明，只欠些儿雪。

文化常识

五岳——中岳嵩山、东岳泰山、西岳华山、南岳衡山、北岳恒山

雪晴晚望

（唐）贾岛

倚杖望晴雪，溪云几万重。

樵人归白屋，寒日下危峰。

野火烧冈草，断烟生石松。

却回山寺路，闻打暮天钟。

钓雪亭

（南宋）姜夔

阑干风冷雪漫漫，
惆怅无人把钓竿。
时有官船桥畔过，
白鸥飞去落前滩。

文化常识

西湖十景——三潭印月、苏堤春晓、平湖秋月、双峰插云、柳浪闻莺、花港观鱼、曲院风荷、断桥残雪、南屏晚钟、雷峰夕照

天山雪歌送萧治归京（节选）

（唐）岑参

正是天山雪下时，
送君走马归京师。
雪中何以赠君别，
惟有青青松树枝。

袁安卧雪

除夜雪

（南宋）陆游

北风吹雪四更初，嘉瑞天教及岁除。
半盏屠苏犹未举，灯前小草写桃符。

文化常识

六大古都——北京、南京、西安、洛阳、开封、杭州

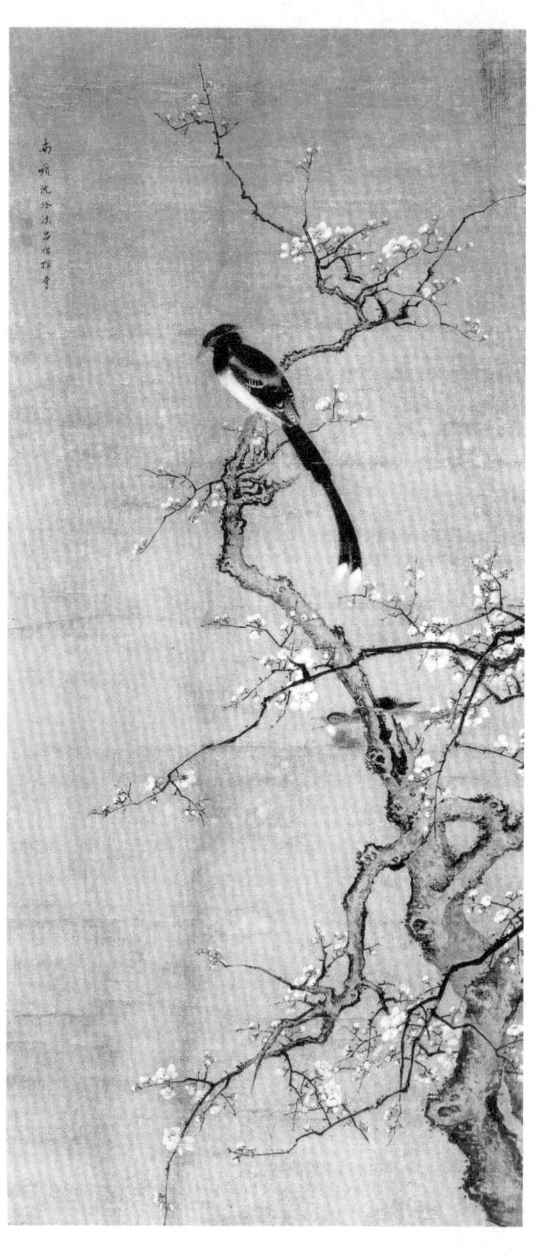

梅

（唐）杜牧

轻盈照溪水，掩敛下瑶台。
妒雪聊相比，欺春不逐来。
偶同佳客见，似为冻醪开。
若在秦楼畔，堪为弄玉媒。

终南望馀雪

（唐）祖咏

终南阴岭秀，积雪浮云端。
林表明霁色，城中增暮寒。

文化常识

二十四节气——立春、雨水、惊蛰、春分、清明、谷雨、立夏、小满、芒种、夏至、小暑、大暑、立秋、处暑、白露、秋分、寒露、霜降、立冬、小雪、大雪、冬至、小寒、大寒

图书在版编目（CIP）数据

不负好时光：四时诗笺手账 / 严庆编著 .—北京：东方出版社，2018.2
ISBN 978-7-5207-0045-0

Ⅰ.①不… Ⅱ.①严… Ⅲ.①诗词—作品集—中国—当代 Ⅳ.①I227

中国版本图书馆 CIP 数据核字（2017）第 310034 号

不负好时光：四时诗笺手账
（BUFU HAOSHIGUANG：SISHI SHIJIAN SHOUZHANG）
严　庆　编著

策　　划：鲁艳芳
责任编辑：杨朝霞　张　琼　黎民子
装帧设计：飛鳥装帧设计 1581 0133 062
出　　版：東方出版社
发　　行：人民东方出版传媒有限公司
地　　址：北京市东城区东四十条 113 号
邮政编码：100007
印　　刷：北京彩和坊印刷有限公司
版　　次：2018 年 2 月第 1 版
印　　次：2018 年 2 月北京第 1 次印刷
开　　本：787 毫米 ×1092 毫米　1/32
印　　张：13
字　　数：150 千字
书　　号：ISBN 978-7-5207-0045-0
定　　价：78.00 元
发行电话：（010）85924663　85924644　85924641